句集
回転木馬

林　和子

文學の森

序

『回転木馬』は林和子さんの第一句集である。昭和六十一年からの句歴三十年を節目にしての意義ある刊行で、喜ばしい。和子さんの作句活動を直接身近にするようになったのは、「風港」を創刊してからで日はまだ浅いが、前誌「風」の頃から作品の印象は強い。恒例の年次大会や全員参加の大きな吟行句会などでは、例外のないまでに特選や上位入選をしていたからである。総じてその作品の特異性は、手際のよい対象把握と要の利いた表現の妙味に見られたようだ。届けられた句稿に目を通しながら、改めてその感を深くしている。

付せられた資料から窺うと、和子さんは昭和八年金沢市に近い津幡町の農業地帯で、七人兄弟の一人として生まれ育った。多感な少女期を過ごしたのが、戦争真っ只中の最も貧しく不自由な時代である。やがて終戦を迎え、混沌とした中から、十代半ばで金沢地方貯金局に奉職した。厳しい職域で、通勤上の無理などから一時病気になりがちだったが、精勤して三十八年を全うした。言わば仕事一筋の明け暮れで、人並な余技を身につけるなどの余裕はなかったらしい。だが専ら西洋文学に引かれ、ことにロシア文学やフランス文学には、寸暇を惜しんで親しんだようである。顧みれば、職務に専念し、身に添う本を読むことが青春のすべてだったという。もちろん無益ではない。後の作句活動のエキスとなっていることは間違いないだろう。

俳句をはじめたのが、退職されてからである。誘われるまま何も考えずに入った世界だったと告白するが、有っても無くてもの浅薄な余技としてではない。改まった人生をより高く充実させるための、本技としての真摯な営為である。「風」に入会し、句会や入門書などで貪欲に学んだようだ。当初から俳句の骨法をしっかり身につけ、作風もきちんとした型をなしている。その安定感と堅実性が先ず評価されたらしい。入会七年目の平成五年「風新人賞」に選ばれ、即同人に推薦された。女性仲間有数の俊足である。

こうしたことを念頭に、作品を眺めよう。句集は年代順のスタンダードな形態ではなく、季題本位の四季別に編まれている。処女句集としては例外的だが、習作時代や成熟期の別を問わず、作品はあと先なく自然に共存しているようだ。当初からの一貫した完成度によるところだろう。

しろじろと城を浮かべて夜のさくら
日永かな波が波押す親不知
菜の花や段々畑雲に入る
永き日を回転木馬の浮き沈み
ふきのたうほほけつくして御陵径
赤壁へ春の白波立ちあがる
龍天に登り一村動き出す

春の章からである。
ほぼ無作為な抽出ながら、和子俳句の勝れた特異性を窺うことができる筈だ。一句目はライトアップされた金沢城の偉容だろう。中句の「城を浮かべて」が、平板な写生を越えた具象化である。咲き乱れて波打つ「夜桜」を前面にして幻想的に際立った。二句目は新潟の「親不知」だろう。「波が波押す」が、眼前を圧する荒波の質感に迫っている。三句目は夥しい海外詠の中の一句で、中国の壮大な眺め。座五の「雲に入る」がシュールな写生で奏功した。次の「回転木馬」は句集名にした愛着の句だろう。結句の「浮き沈み」が季語の斡旋と不動に映発している。続いての二句は、第九回「風港俳句賞」を受賞した「隠岐」二十句の中の作品で、記憶にまだ新しい。流人島の哀史を踏まえて手際よく纏めた作品で、大半の選者の共感を得た。終りの「龍天に登る」は想像上の風詠し難い季語ながら、「一村動き出す」との衝撃で、リアリティを伴って立ち上がった。勝れた感性である。

火祭の煤つけ戻る切子山車
昆布採り海霧の中より現はるる
間垣村前の深田を一人植う
堅豆腐煮ふくめ白山まつりかな

ホルン吹く涼しき風を遊ばせて

夏の章からである。

一句目は改元直前に「風」が夏吟行の対象とした七尾市能登島の「火祭」らしい。「切子山車」は今は「キリコ」で普遍している能登特有の奉燈である。「煤つけ戻る」に、火柱となって夜空を焦がす大松明の凄まじさの余韻が、情趣深くスタンプされた。六十三年の夏だったから、和子さんの句歴僅か二年目の成果である。二句目は北海道での吟行作だろう。「海霧の中より」の瞬間描写が秀抜で目を奪う。三句目の「間垣村」は奥能登の輪島界隈を会場にして繰り広げられた「風」北陸吟行句会での作である。「深田を一人植う」は、発見とその処理の適切な表現で注目させた。図らずも沢木先生と特選が重なり、選評を求められたことを憶えている。五句目の「ホルン吹く」はスイスにおいての海外詠。「涼しき風を遊ばせて」が上手い。アルプス山麓の清澄な空気が写生されている。

千年の立山杉は霧の中

吹きあぐる霧が頬打つ地獄谷

紋平も次郎もありて村親し

おけさ柿戸毎に熟れて弥彦村

能面の裏の妬心や一葉落つ

秋の章からである。

最初の二句は俳句入門書で作句法などを性急に学び、身近な吟行に参加してはじめて作った句だと言う。つまり処女作である。立山の荘厳な在りようで、二句目の「霧が頬打つ」も当意即妙の感で非凡。英才ぶりを窺わせるようである。続いての四句目は、新潟県で開かれた「風港」全国俳句大会においての吟行作。対象把握と平明な表現が、多くの選者の好評を得た筈だ。次の句は今年の「風港」新年俳句大会に出句の最新作。「能面の裏の妬心」が座五の季語と適切に照応し、特異な心象句となった。

橋の名の梅と桜と春隣

鬼柚子も一つ加へて冬至風呂

煮凝やひとりの時間大切に
熱燗や無口な人の指定席
越後湯沢ゼロ番ホームに着ぶくれて

冬の章からである。

特徴的に大半を占めている吟行作品に偏ってしまったが、少数派となっている日常身辺詠も独自性があって看過できない。一句目は金沢の犀川上流に架かる由緒ある橋で、動詞抜きの流暢な調べが「春隣」をほのぼのと実感させる。二句目の「鬼柚子も」と三句目の「煮凝や」は一人称発想の中の特に好句で、生活実感が深い。四句目の「熱燗や」は中句との取合せに味わいがある。五句目は名作「雪国」で親しませる「越後湯沢駅」での自画像。飾り気のない有りのままの粗描で微笑ましい。

以上のように、不用意な概観で注釈を施したが、無差別にどの作品を取りあげても、そつのない優等生型の好句集である。今後どんな方向で更に熟成していくか、楽しみではある。次の諸作品に、あるいはその一面が窺われるかもしれない。

目に青葉耳に弦楽四重奏

端居して話とつとつ戦中派

軽き嘘いつしか忘れソーダ水

耳寄りな話ながびき後の月

迷信を軽く信じて日向ぼこ

いずれもごく最近の作だろう。良質の抒情が奏でる軽みと飄逸性である。だがこだわることなく、自然な歩みで俳境を深めることが望ましい。それを希って擱筆する。

平成二十八年六月六日

千田一路

句集　回転木馬／目次

装丁　杉本雄史

句集

回転木馬

新年・春

樹木医になりぬとありし賀状かな

煮含めしねぢりこんにやく初昔

お降りや手取川の荒瀬けぶらへる

てのひらをむすんでひらいて初湯かな

琴の音の松にひびける三日かな

産み月の牛の背にのる初雀

軒に挿す祇園小路の団子花

福笹の肩に触れあふ初戎

鰤一尾福笹のせて届きけり

うどん屋に十日戎のもどり客

吉書揚月惜山けぶらせり

ふるさとにおとうとひとり成木責

青鷺のふはりと松へ春立てり

頬白の地鳴き近くに窯火守る

冴返る神事果てたる遠敷川

草萌に御願神事の竹とべり

流鏑馬の神馬が飲めり芹の水

仙叟の墓掃かれあり白椿

蘭更も支考も眠り初ざくら

花冷や鏡花遺愛の草双紙

春潮へ秘仏ひらきて仏舞

楽人の去りたる後や花の塵

雪解川に降ろす禊の長梯子

田楽能笛に雪解の水はしる

居酒屋の混み合つてをり蓮如の忌

こまごまと犀星の文字あたたかし

しろじろと城を浮かべて夜のさくら

犀星の町の灯うるみ白魚汁

倶利伽羅古戦場跡

緋桜や石碑ばかりの戦跡

水暮れて野焼の煙濃くなれり

花冷やガレのランプの琥珀色

晩節てふことば思へりさくら餅

春一番舳倉通ひの船止めて

梅一輪舳倉へ行きしと戸に貼つて

貝塚に炉の跡残り地虫出づ

歌占の滝太くなり春田打つ

山姥と天狗が神や春まつり

日永かな波が波押す親不知

花の風御風生家の雨戸鳴る

鳥雲に錆すさまじきロシヤ船

屋根神を祀る西陣春の雪

うらうらと若宮大路桜の芽

井上靖逝く　四高跡に詩碑あり

流星の碑へとめどなき春の雪

さくら餅傘寿の集ひたわいなき

淡海より余呉は淋しや鳥雲に

睡蓮の巻葉ほぐるる彼岸寺

成巽閣

雛の間へ辰巳用水鳴つてをり

琅玕や今朝ひとはけの春の雪

椋鳥去つて子雀の来て荒鋤田

子等散りてまたうぐひすのひとしきり

たんぽぽの丘にぽつんと無言館

中山晋平記念館

カリヨンのカチューシャ鳴れり桃の花

二条城鶯張りの余寒かな

たんぽぽの野となりゐたり石舞台

速玉の丹の玉垣や峯ざくら

柳川

桃の花舳先にかざしどんこ舟

駒笹の吹かるる富士の雪解風

修善寺

料峭や公暁の血書をろがみぬ

象潟　二句

能因島蕗の葉に散る松花粉

九十九島その一つより雉子の声

浜風に瞬きてをり犬ふぐり

越中に沖の女郎や海おぼろ

沖の女郎は漁師ことばで正式和名は「ヒメジ」

コクトーの耳のかけらか桜貝

ジャン・コクトーに「私の耳は貝の殻……」の詩あれば

まつたりと岸田今日子や桃の花

鴨引きて水の淋しき山の池

湧水のごぼごぼ鳴れり夕桜

鯉のぼり晒す伊吹山の雪解水

山の子の恥づかしがりや豆の花

夫逝きて久しき日々や菊根分

泉涌寺

五十尺涅槃図横たへ日の永き

こぶし咲き由布院どこも湯のはしる

火山灰蹴つて牛走り出す牧開

餓鬼の田の泥をくはへし岩燕

山晴れて野川いきいき仏生会

等伯の涅槃図納め花の寺

花の山雪百日の句碑抱き

六波羅や春の雨染む御願石

行く春や六百貫の鐘の音

花榼花折峠にこぼれつぐ

京へ出る峠の茶屋や春しぐれ

無口なる人とやすらぎ春惜しむ

アテネ

石牢の深きひびより草青む

ローマ

赤多きスペイン広場のシクラメン

中国　十句

長江の春あけぼのや鶏の声

菜の花や段々畑雲に入る

牛放ち鶏を放ちて耕せり

惜別の李白の詩碑や梅真白

百僧の読経こもれり竹の秋

鳥雲に蜀の桟道縷々とあり

豚運ぶ南京北路麦青し

九官鳥哄ふ高声桃の花

プラタナス八十八夜の風まとふ

春愁や夜来香《イエライイシャン》を耳底に

中山純子先生

生くること諾ふ日々やさくら草

メーデーの広場や若き日の匂ひ

坊つちやんの湯に泳ぎしと花便り

あれこれで通じる二人初つばめ

身にまとふものの軽くなり蝶の昼

ぎしぎしに吹く海の風潟の風

青き踏む仔犬はじやれて毬になる

花の枝かざしに舞へり花鎮め

長生きの話などして雛あられ

目のとどくところに遺影あたたかし

桃の日のポトフを囲む三世代

イスタンブール　三句

国境の町混沌と初つばめ

夕おぼろ地べたに座り水タバコ

うすうすと春の満月浮き出でて
永き日を回転木馬の浮き沈み

隠岐　七句

ふきのたうほほけつくして御陵径

松へ吹く涅槃の風や火葬塚

きぎす鳴く石州和紙の普門品

面ざしは流人の裔か磯菜摘む

檜扇の貝の七色鳥帰る

野梅咲く馬を放ちて摩天崖

赤壁へ春の白波立ちあがる

卒業の子をまんなかに一家族

泣き虫が風の子となり卒園す

龍天に登り一村動き出す

夏

馬の背に氷室の雪のしづくせり

火祭の煤つけ戻る切子山車

花栗や島にガラスの溶解炉

父呼びに船着場まで跣の子

夕灯す鏡花の道や鮎の菓子

茶屋町の裏の駄菓子屋氷菓食ぶ

女湯に明るき声や枇杷熟る

しんかんと開智学校すぐりの実

内灘　三句

鉄板の錆落としゐる真炎天

砂防垣埋もれてゐたり遠郭公

遠郭公父に呼ばれてゐるごとく

エアメール文箱にためて早桃食ぶ

御幣挿すアイヌコタンの夏炉かな

昆布採り海霧の中より現はるる

舷に昆布あふれて利尻富士

屯田兵拓きし村や田草取

玫瑰や鯱干す棚幾重にも

舟小屋の屋根抜け落ちて茄子の花

間垣村前の深田を一人植う

早苗田となりてつながる村と村

父と子の夕べの散歩額の花

ざり蟹を釣る子が二人夕日浴び

花栗やペルシャ模様の九谷皿

日御子《ひのみこ》の村の明るさ桐の花

溜池のとろりと卯の花腐しかな

ウエストン祭うぐひすの声真上より

みなづきや休め田に水ひかりをり

一絃の琴の洩れゐて小町草

踊子草踏まれし役の行者径

青栗や山を下りたる観世音

堅豆腐煮ふくめ白山まつりかな

鴨足草白山講の灯の洩るる

谷埋めて裏二上の今年竹

花卯木蓮如たどりし谷染めて

花終へし牡丹括られ黒髪庵

古書店に傘しづくして桜桃忌

国引の山むらさきに麦の秋

男三瓶に添ひし女三瓶夏霞

カルストの石しろじろとながし南風

白山比咩神社

丹後より御贄まつりの上り鯛

睡蓮の池に余白のなかりけり

勾玉の瑪瑙の研磨柿若葉

新しき墓に玩具と花切籠
なで肩になじまぬ服や更衣

泥染の泥の攪拌雲の峰

灯心草干され白山見ゆる村

舳倉島　二句

浮輪吊る島の駐在蟬しぐれ

鬼百合のつぎつぎ咲ける暑さかな

端居してはなしとつとつ戦中派

通夜二夕夜鯖火のふゆる珠洲の海

高島筍雄氏

歳月や桐の花句碑雄々しかり

柏禎氏

葉桜や洒脱に生きて米寿なる

朴咲くや一の倉沢交響す

青竹に真清水汲みて洗ひ飯

スイス　四句

マッターホルンの鎌首夏の雲払ふ

ピッケルとザイルを墓碑に夏深し

ホルン吹く涼しき風を遊ばせて

鶏はしるハイジの村や跣の子

珊瑚屑けちらし島の羽抜鶏

汗の手に女体のごとき瓶つかむ

ペンギンに名前それぞれ雲の峰

遠雷や手づくりパンに薔薇のジャム

飼猫の家出や四万六千日

転読の大音声や堂涼し

母の日の朴葉に包むにぎり飯

父と子にかすかな距離や心太

星涼しモノクロ映画の淡き恋

横顔に夫の面影日日草

五戒説く僧いくたびも汗拭ひ

軽き嘘いつしか忘れソーダ水

舞鶴引揚記念館

樹皮に書く捕虜の郵便蟬しぐれ

肉じゃがや旧軍港の大夕焼

田草取るうしろ原子力発電所

丹塗りなる首里王城や鉄砲百合

目に青葉耳に弦楽四重奏
加茂の水戸毎に引きて葵草

涼しさや藤樹書院に正座して

柚の花や村に大きな鶴の墓

葉桜や宇治十帖は石碑のみ

宇治川の水煙して頼政忌

みちのくの山みな丸しさくらんぼ

六日町青田つづきに十日町

岩魚焼く嘉門次小屋の榾煙

端居して膝に冷えくる信濃かな

ジャズマンのカンカン帽と縞のシャツ

シャガール《チューリッヒ》のステンドグラス西日濃し

四高跡

若葉雨幣衣破帽の像濡らす

草笛や遠く光れる千曲川

地ビールに酔ひころころとよく笑ひ

秋

千年の立山杉は霧の中

吹きあぐる霧が頬打つ地獄谷

蛇の衣をろがみ触るる秋遍路

潮の香の夜風を浴びて村芝居

徳川美術館

冷まじや火縄銃みな上向きに

穂芒の島々すべて切支丹

九万坊竹伐る音のひびきかな

石屋根の石に影ある良夜かな

加賀梨を二つ供へり芭蕉堂

蔓引けば一つは落ちて烏瓜

子の家の近くて遠し稲の花

千枚田裾を刈るとき潮浴び

潮さして鯔跳ねあがる熊木川

曼珠沙華二十日まつりを終へし村

試射場の跡玫瑰の実となれり

船着場海女が干しゐる籾筵

気多の村砂盛りあげて露の墓

蔓たぐりして白波を見てをりぬ

流燈のはぐれし一つまたたけり

迎火や満ちくる潮に足濡らし

女《おな》谷《だに》の露の二夕村綾子舞
綾子舞花野の風につつまれて

朝寒や湯の花売りが日溜りに
赤のまま鬼の茶釜の湯気かぶり

白根山

殺生河原色なき風の音きけり

磧湯に足浸しをり秋遍路

早池峰のうす霧まとふ林檎捥ぐ

浅草寺　菊供養

観音に菊運ばるる菊日和

琴の糸干す早稲の風少し入れ

カピバラの親子秋日に目を細め

時忠の墓谷底に葛の花

白壁に揚羽の紋の露けしや

三光の月待つじよんから踊りかな

つば甚に二十六夜の月の客

神明宮

色鳥や幣の形のあぶり餅

鬼胡桃鮴屋の裏戸打ちにけり

木の股にこつんと嵌り落くわりん
おしろいが咲いてひとりの暮しかな

つじつまの合はぬ話や烏瓜

さはやかにのつぴきならぬ事言へり

礼《らい》拝《はい》と言ふ駅の名や曼珠沙華

象潟や松にかかれる葛の花

舟宿に艀の洩るる居待月

永平寺詣での道や豆叩く

明々と闇押し分けてねぶた来る

二百十日道に出て売る反魂丹

深草

白萩や百夜通ひの径途切れ

石山の石の隙間の実むらさき

母逝く

長生きを詫びて逝きけり夕かなかな

地蔵盆鮒鮨食べて寝ころべり

沈みては雀とびたつ蘆の花

砺波野を押しひろげたる刈田かな

大文字果てて踏みけり草の露

門前の馬酔木実となる浄瑠璃寺

喜多院

ひそひそと羅漢五百や秋の風

横浜　外人墓地

墓碑にあるユダヤの星や秋日沁む

豆引きてがらんどうなり与謝郡

なまなまと胸の高さに鵙の贄

白山の風に丈なす男郎花

桐の町獅子彫る軒へ小鳥くる

秋出水箱階段の裾濡らす

耳寄りな話ながびき後の月

はんなりと尼の起居や濃竜胆

嵯峨菊や垣高く結ひ路地住まひ

百匁柿腹こはすなと届けられ

紋平も次郎もありて村親し

おけさ柿戸毎に熟れて弥彦村

家裏に銭五の海や鳥渡る

細見綾子生家

加賀手毬吊るす生家や柿熟るる

木の実降るおさん茂兵衛のかくれ径

あかつきの湾岸道路雁渡る

もんじや焼一つ分け合ふ紅葉晴

屋根草や一乗谷の露の門

立行司叱られてをり草相撲

ロシヤ　四句

残照の空港良夜の月上がる

チャイコフスキーの墓碑の五線譜木の実落つ

秋冷や灯して暗きイコンの間

蝶鮫を捕ると舟出す暮の秋

間引菜も売られて牛の角突場

秋暑し勢子酒臭き胴間声

牛の角折れとぶ先や秋日濃し

負け牛を撫でて励ます草の花

引分けに終へて曳かるる花野みち

十六夜の月ただよへり信濃川

妣のこともまた口に出て柿を剝く

能面の裏の妬心や一葉落つ

間のびして時計の鳴れり糸瓜汁

あるなしの湖の風くる菊筵

冬

賄の妻つれ南部杜氏くる

比咩宮へ裸参りや寒造

玉蕪の鍋にをどれり神楽月

神の留守はらりと届くエアメール

木偶舞の篝の火屑雪へとぶ

口上の木偶雪道をねぎらへり

夕市の終ひ荷へとぶ追儺豆

八坂神社

舞妓来て春呼ぶ豆を撒きにけり

大覚寺

開け放つ七堂伽藍しぐれけり

眠る鴨水尾ひく鴨や隅櫓

山中や水仕の帰り梟啼く

雨山碑の前ほつこりと冬日向

叩き漁まぢかとなりぬ大根干す

水音の中の一村小六月

夢二泊つ湯宿残れり初しぐれ

竹折れてささりし川や冬ざるる

糸瓜水分け合ふ小瓶一葉忌

朗読に行燈灯す近松忌

塔見ゆる路地青々と九条葱

押されつつ塔の下まで暮の市

顔見世のまねき匂へり阿国の碑

顔見世の客流れくる先斗町

はきはきと神田生まれよ七五三

七五三のせて矢切の渡し舟

高村光太郎旧居

日時計に石の重りや雪螢

吹き溜る落葉まづ掃き五合庵

百僧の籠る一山冬紅葉

一政の墨書無骨や寒椿

鯍鳴くてふ浅き流れや浮寝鳥

橋の名の梅と桜と春隣

泊康夫氏

柊の花こぼれつぐ別れかな

花柊ひかりこぼして散りにけり

誰彼と親しみ焚火育てをり

ひよどりのピースピースとレノンの忌

柏禎氏

大寒の空の真青へ旅立てり

兄逝く

寒の雨いつしかやみぬ野辺送り

草枯れて牛まばらなる草千里

漠々と阿蘇外輪の冬日かな

鵜戸神宮

運の石小春の海へとばしけり

すが漏りの丸子の宿や十団子

浜千鳥朝日に胸を揃へたり

鳶の輪の下に海鼠を突きゐたり

峡十戸雪曼陀羅となりにけり

猟男等の犬を眠らせ熊捌く

ロシヤ　二句

落葉掃くレーニン広場の石畳

蘆枯るる岸辺ぽつんとサウナ小屋

あすなろの鉾立ち冬の霧払ふ

鳥毛正明氏

千の風唄ひて寒の別れかな

新妻の冬至南瓜のスープかな

鬼柚子も一つ加へて冬至風呂

かたつむりてふマチスの絵日脚伸ぶ

助六の絵凧の寄り目日脚伸ぶ

刀鍛冶雪百日を鞴吹く

あまめはぎ紅鯛吊るす蜑の家

巡礼《ドイツ》の教会霜の花踏みて

街角《ベルギー》の小便小僧へ聖樹の灯

書肆ならぶセーヌの河畔冬木立

凍星や酒場の窓のうす明かり

喪の家にお煮染はこぶ雪明かり

迷信を軽く信じて日向ぼこ

煮凝やひとりの時間大切に

熱燗や無口な人の指定席

極月や東京メトロ小走りに
皇宮の松を染めたり冬夕焼

越後湯沢ゼロ番ホームに着ぶくれて
ためらひて書く文ひとつ日短か

鎮魂のトランペットや冬銀河

さりさりとおほつごもりの雪の音

句集　回転木馬　畢

あとがき

顧みて昭和五十八年十一月突然倒れた夫は五日目に意識不明のまま五十歳の誕生日を迎えて旅立ちました。

途方に暮れながらその二年後に何の当てもないまま退職しました。直後、田村愛子先生のお誘いをお受けしましたのが俳句との出合いでした。

何も考えずにお受けしたものの、雲をつかむようで戸惑いましたが、若月瑞峰著の『俳句入門講座』がとても分かりやすく、すぐ外に飛び出したくなり一気に立山へ行きましたが、二、三句作るのが精一杯でした。

半年後の六十一年「風」に入会し、沢木欣一、細見綾子両先生の自由で力強い句に驚き、この短い詩形の豊かさにとりつかれて行きました。その後、柏禎先生の無駄のない感性、中山純子先生のありのままでありながら味わい深い句に引き込まれてゆきました。

今日まで三十年の歳月は無知だった私に多くのことを与えてくれました。ひとえに支え導いてくださいました先輩、句友の皆様のおかげと深く心にきざみ感謝を申しあげます。

このたび、主宰千田一路先生にはご多忙にも拘らず選句の労をお執り頂くと共にまことに身に余る「序文」を賜りましたこと心より御礼を申しあげます。

誠に拙い句集で面映ゆい気持もありますが、自分なりに生きて来た証として句集『回転木馬』を上梓出来る幸せに胸が熱くなります。

最後になりましたが「文學の森」の皆様には大変お世話になりました。心より感謝を申しあげます。

平成二十八年九月

林　和子

著者略歴

林　和子（はやし・かずこ）

昭和８年　石川県津幡町生
昭和61年　「風」入会
平成５年　「風」新人賞
平成６年　「風」同人　俳人協会会員
平成10年　犀星俳文学賞
平成14年　「万象」創刊同人
平成16年　「風港」創刊同人
平成24年　「風港」俳句賞

現住所　〒921-8132　石川県金沢市しじま台2-6-13

句集

回《かい》転《てん》木《もく》馬《ば》

発　行　平成二十八年十一月七日
著　者　林　和子
発行者　大山基利
発行所　株式会社　文學の森
〒一六九-〇〇七五
東京都新宿区高田馬場二-一-二　田島ビル八階
tel 03-5292-9188　fax 03-5292-9199
e-mail mori@bungak.com
ホームページ http://www.bungak.com
印刷・製本　竹田　登

ISBN978-4-86438-582-4　C0092